دار جامعة حمد بن خليفة للنشر
صندوق بريد 5825
الدوحة، دولة قطر

www.hbkupress.com

اختبر وتعلَّم مع البالون

La science est dans LE BALLON

Text Copyright © *Cecile Jugla et Jack Guichard*
Illustrations Copyright © *Laurent Simon*.
Copywrite 2019 by Edition NATHAN, SEJER, Paris-France
Edition Original: La science est dans le ballon.

جميع الحقوق محفوظة.

لا يجوز استخدام أو إعادة طباعة أي جزء من هذا الكتاب بأي طريقة دون الحصول على الموافقة الخطية من الناشر باستثناء حالة الاقتباسات المختصرة التي تتجسد في الدراسات النقدية أو المراجعات.

الطبعة العربية الأولى عام 2021
دار جامعة حمد بن خليفة للنشر

الترقيم الدولي: 9789927151880

تمت الطباعة في الدوحة-قطر.

مكتبة قطر الوطنية بيانات الفهرسة – أثناء – النشر (فان)

جو غلا، سيسيل، مؤلف.

[Science est dans le ballon]. Arabic

اختبر وتعلم مع البالون / تأليف سيسيل جوغلا، جاك غيشارد ؛ رسوم لوران سيمون. الطبعة العربية الأولى. – الدوحة، قطر : دار جامعة حمد بن خليفة للنشر، 2021.

صفحة ؛ سم. – (اختبر وتعلم مع)

تدمك: 978-992-714-188-0

ترجمة لكتاب: La science est dans le ballon .

1. البالونات – التجارب -- أعمال للأطفال. 2. العلوم -- التجارب -- أعمال للأطفال . أ. غيشارد، جاك، 1946- مؤلف مشارك.

ب. سيمون، لوران، 1979- رسام. ج. العنوان. د. عنوان مجتزأ: بالون. هـ. السلسلة.

QC33.J84125 2021

202128035343 530.078 – dc23

اختبر وتعلَّم مع البالون

تأليف: سيسيل جوغلا   جاك غيشارد

رسوم: لوران سيمون

دار جامعة حمد بن خليفة للنشر

HAMAD BIN KHALIFA UNIVERSITY PRESS

سيسيل جوغلا مؤلفة الكتب لليافعين مقتنعة تمامًا بأن المراقبة وإجراء التجارب هما أفضل وسيلتين لمعرفة العلوم واستيعابها، لذلك ابتكرت هذه السلسلة الغنية بالاكتشافات.

جاك غيشارد مبتكر مدينة الأطفال والمدير السابق لمتحف العلوم «قصر الاكتشافات»، يسعى جاهدًا كي يضع كل المبادئ العلمية الأساسية في متناول الأطفال بأسلوب فريد.

ينفذ لوران سيمون رسومات قصص الأطفال واليافعين، ويكتب لهم في بعض الأحيان. يحب الرسم للكتب المتخصصة العلمية وغير العلمية.

اختبر وتعلَّم مع البالون

المحتويات

10 تعرّف على البالون.

12 انفخ البالون بسهولة.

14 أخفِ الصابونة داخل البالون.

16 دعِ البالون يُغنِّي.

18 اِبتكر بالونًا نفاثًا.

20 وجِّه بالونك في الهواء.

22 اثقبْ بالونك دون أن يفقع.

24 اِفقعْ بالونك بواسطة ليمونة.

26 اِجعلْ بالونك مقاومًا للنار.

28 اِلصق البالونات بالسقف.

30 كبِّر حجم بالونك دون النفخ فيه.

تعرَّف على البالون

أحضر لك والداك كيسًا من بالونات المطاط. لِمَ لا تأخذ بالونًا وتنظر إليه عن قرب؟

كيف تجد بالونك المنفوخ أو الفارغ من الهواء؟ إنه...

أملس   محدَّب   ثقيل

خفيف   مسطح

مطاطي   طري   جامد

أستطيع أن أرى من خلال البالون المنفوخ، إنه شفاف.

أي شكل لا يمكن للبالون المطاطي أن يكون عليه؟

الأرنب   القلب   المكعب   المقانق

البالون يُصنع من مادة...

الحديد	البلاستيك	الجلد	المطاط
كالمسمار	كالدلو	كالحذاء	كالمصاصة

الجواب: المطاط، ويسمى الكاوتشوك. يُستخرج من نسغ شجرة «هيفيا».
واليوم صار المطاط يُصنع في المعامل.

أي من تلك الأشياء غير مصنوع من المطاط؟

قفاز التنظيف

لباس الغطّاس

قلم الحِبر

طوق العوْم

قبعة الحمَّام

الإجابة: قلم الحِبر

أنا لا أستطيع أن أرى شيئًا! بالوني غير المنفوخ سميك.

رائع، تعرفت على خصائص بالونِك. اقلب الصفحة بسرعة لتعرف المزيد عنه.

انفخ البالون بسهولة

ماذا يوجد داخل البالون المنفوخ؟

إنه **الهواء** الخارج من رئتينا! يمدِّد هذا الغاز الجدار المطاطي للبالون، ويملأ **كل المساحة** في داخله. لكن الهواء **يتسرَّب** من البالون إذا لم نربط فوهته جيدًا.

مذهل!

عند نفخ البالون بغاز الهيليوم، وهو غاز أخف وزنًا من الهواء، يطير البالون ويرتفع إذا أفلتناه. لكن حذارِ، الهيليوم يلوِّث المكان الذي يسقط فيه!

حيلة ذكية

مطَّ «عنق» البالون عدة مرات، كيْ يسهل عليك نفخه.

لماذا يسهل نفخ بالون كان منفوخًا من قبل؟

لأن **ألياف** البالون المصنوعة من **المطاط** تكون قد **تمدَّدت** و**تغيَّر شكلها** بعد النفخ الأول. والدليل: البالون الذي سبق نفخه يكون أكثر مرونة، وأحيانًا أكبر من البالون الجديد.

رائع، لقد اكتشفت أن البالون يمكن ملؤه بالهواء لأنه مطاطي!

أخفِ الصابونة داخل البالون

مرحبا! نحن نحضِّر مفاجأة طريفة لأمنا.
أُمسك عنق البالون المنفوخ، وأترك الهواء يتسرب عبره ببطء...
... في نفس الوقت، أَضغط بقوة على لوح الصابون.

البالون المنفوخ أكبر حجمًا من لوح الصابون. عند إفراغه من الهواء، يُغطي البالون لوح الصابون، ويتخذ شكله تدريجيًا.

حيلة ذكية

لكي «تحرِّر» لوح الصابون، ضعه فوق الطاولة، وانفخ داخل البالون.

معلومة هامة! لقد علمتَ أن مرونة المطاط تسمح للبالون باتخاذ أشكال مختلفة.

دعِ البالون يُغنِّي

انفخ البالون، واضغط فوهته، لكن دعِ الهواء يتسرب منه.
أنا أجذب فوهة البالون من الجنبين: بالوني يُصدر صرخة طويلة.

لماذا «يُغنِّي» البالون؟

حين نمنع **الهواء** من الخروج بسرعة من البالون، يضغط على **الجدار المطاطي** للعنق. **يهتز** العنق **ويهتز الهواء** أيضًا، وهذا مصدر **الصوت**.

حين أجذب عنق البالون ثم أُرخيه،
يتغير مستوى اهتزاز الهواء...
وكذلك الصوت الصادر عنه.

عند خروج الهواء دفعة
واحدة من البالون، يُوسِّع
العنق المطاطي، فيُصدر هذا
الصوت.

**يا لسمعك المرهف! اكتشفت أن الصوت
ينتج عن اهتزاز الهواء وتموُّجِه.**

إبتكر بالونًا نفاثًا

حيلة ذكية

إذا لم تكن لديك مصاصة شراب، فاصنعْ واحدة بلفٍّ قطعة من الورق.

كيف ينطلق البالون كالصاروخ؟

عند نزع ملقط الغسيل، **يخرج الهواء** مندفعًا بسرعة **إلى الخلف**، **ويدفع** البالون **إلى الأمام**. إنه مبدأ الفعل ورد الفعل.

يا للذكاء! صرتَ تعرفُ كيف تطبِّقُ مبدأ الفعل ورد الفعل، لِدفع بالونك كالصاروخ.

وجِّه بالونك في الهواء

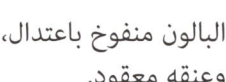

شغِّل مُجفِّف الشعر، وأطلِقْ بالونك فوق الهواء المتدفق منه.
بالوني يرتفع، وكأنه يسبح في الهواء.
البالون منفوخ باعتدال، وعنقه معقود.
أزيد سرعة المُجفِّف، فيعلو البالون أكثر.

كيف يبقى البالون معلقًا فوق هواء مُجفِّف الشعر؟

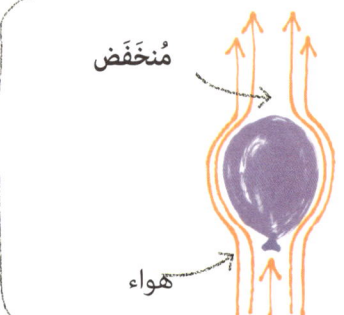

هواء

الهواء المتدفق من مُجفِّف الشعر **يدفع البالون** إلى الأعلى، ويتابع صعوده **حول البالون**، ويترك فراغًا فوقه. إنه **مُنْخَفَض يشفط البالون** ويتركه **معلقًا في الهواء.**

عند انحناء تدفق الهواء انحناءً شديدًا، لا يسمح المنخفض بإبقاء البالون معلقًا في الهواء، فيسقط أرضًا.

أمر لا يصدَّق!

تستخدم الطائرة الشراعية دون محرِّك تيارات الهواء الساخن، فتحملها في الهواء، وتدفعها إلى الأمام.

أنت طيَّار محترف! عرفت كيف يشكِّل الهواء تيارًا يشفط البالون إلى الأعلى: إنها قوة رفع الأجسام.

اثقبْ بالونك دون أن يفقع

رأس الإبرة مُغطى بالزيت.
سأغرز إبرة في بالوني
البالون منفوخ باعتدال.
لكن احذري! سيفقع...
... كما حصل لبالوني!
بوووم!

كيف لا يفقع البالون حين نثقبه بالإبرة؟

نسيج **المطاط** مثل الشبكة، وإذا غرزنا **الإبرة** في **الجزء الشفاف** من البالون المنفوخ، **تتمزق الشبكة** المتمددة والهشة.

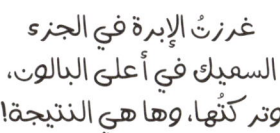

غرزتُ الإبرة في الجزء السميك في أعلى البالون، وتركتُها، وها هي النتيجة!
لقد نجحت! كيف فعلت ذلك؟
تصفيق! تصفيق! تصفيق!
أحسنت!
تصفيق! تصفيق! تصفيق!

أما في **الجزء العلوي** من السميك من البالون، فتمرُّ **الإبرة في شبكة المطاط** لأنها غير متمددة.

لقد اكتشفتَ أن المطاط يكون أكثر قوة ومتانة إن لم يكن متمددًا. أحسنت!

إِفقعْ بالونك بواسطة ليمونة

دعْ شخصًا بالغًا يقشر ليمونة،
ويعطيك القشرة.

أعصر قشرة الليمونة،
فتخرج منها مادة سائلة
اسمها «ليمونين».
أضع قشرة الليمونة على
البالون المنفوخ جيدًا
دون حكّها، وأتأكد من
وجود الـ«ليمونين» عليه.

بعد مرور ثانيتيْن

يا للعجب! هل سبَّب الليمون ذلك؟

إنه تفاعل مادة الـ«ليمونين» مع المطاط!

بوووم!

مذهل! لقد اكتشفتَ تفاعلًا كيميائيًا يسبب انفجار البالون.

كيف تسببت مادة الـ«ليمونين» في انفجار البالون؟

عند احتكاك الـ«ليمونين» بالمطاط تولَّد تفاعل كيميائي مزَّق شبكات المطاط **بسرعة أكبر من سرعة الصوت في الهواء**. يسبب هذا التفاعل **انفجارًا صوتيًّا** شبيهًا بصوت طائرة نفاثة تخترق جدار الصوت.

اِجعلْ بالونك مقاومًا للنار

إذا وضعتَ البالون المنفوخ فوق شُعلة الشمعة، فلن يقاوم، بل سينفجر على الفور.

بووووم!

عندي الحل!

الحرارة أذابت مادة المطاط.

أمسكتُ البالون لمدة دقيقتين فوق شُعلة الشمعة، ولم ينفجر!

ملأتُ نصف البالون بماء الصنبور.

حيلة ذكية

كي يسهل عليك ملء البالون بالماء، انفخه ثم نفِّسه قبل أن تملأه بالماء.

لماذا لم يفقع البالون؟

الماء داخل البالون **يمتص الحرارة**، ويمنع ارتفاع حرارة المطاط. الأمر يُشبه جهاز تبريد محرك السيارة، الذي يمتص حرارة المحرك ويبرِّده.

يا للمهارة! بفضل بالونك صرتَ تعرف أن الماء يستطيع امتصاص الحرارة.

الصق البالونات بالسقف

نُجري هذه التجربة حين يكون الطقس جافًّا.

يجب ألا تكون حافي القدمين، كي تنجح التجربة.

حيلة ذكية

حُكَّ بالونك بقميص من الصوف، ثم قرِّبه من قطع ورق صغيرة على الطاولة، ستراها تتطاير في الهواء، ثم تسقط.

كيف يلتصق البالون بالسقف أو بالجدار؟

حين يحتك البالون **بالصوف**، تتولد **كهرباء ساكنة** تمكِّن البالون من **الالتصاق** بالسقف أو بالجدار، ومن جذب الشعر نحوه أيضًا. لكن التجربة لا تنجح حين يكون الجو رطبًا، لأن الكهرباء تنتقل إلى الماء الموجود في الهواء.

مذهل! لقد عرفتَ الآن كيف تُولِّد الكهرباء الساكنة.

كبِّر حجم بالونك دون النفخ فيه

ضع 4 ملاعق صغيرة من كربونات الصوديوم في بالون، سبق لك أن نفخته وأفرغته من الهواء.

ثبتْ فوهة البالون على فتحة الزجاجة، ثم رفعته وهززته كي أفرغه من كربونات الصوديوم.
بسرعة، سيبدأ العرض!

خل
كربونات الصوديوم
سم3 من الخل

بعد 10 ثوان

كيف انتفخ البالون؟

يتفاعل الخل مع كربونات الصوديوم، ويولِّد فقاعات من ثاني أكسيد الكربون. ترتفع فقاعات الغاز في الزجاجة، وينتفخ البالون.

مدهش! صرت تعرف أن: «الخل + كربونات الصوديوم = ثاني أكسيد الكربون». وصرت تعلم أن هذا الغاز ينفخ بالونك.